INHALT

There Are Things I Can't Tell You

01

zzz
zzz
SCHRECK
Uwah ...!
ZACK
SCHOCK
Mh ...
KUSCHEL
Alarm
Hah ...
Hat der Kerl sich wieder im Halbschlaf in mein Bett geschlichen ...?

BRRR
Das Toastbrot für 20 Minuten in den Ofen.
Mit dem Löffel den Lachs verteilen.
TOCK
TOCK
TOCK
Zwei Becher Milch ...
Kasumi!
Kasumi ...
... wach auf!
Frühstück ist fertig!

Hey, wach auf!
ZERR
Mh ...
BLINZEL
BLINZEL
EINNICK
ZZZ
Hey, hey! Nicht pennen!
...
YAGE
DEPT
SCHLUCK
WUPP
WUPP
WUPP

QUETSCH
Mh!
Hey!
Wach endlich auf, Kasumi!
Na los!
Setz dich hierhin!
Aufs Sofa!
Mh ...
Und penn nicht direkt wieder ein!
zzz
BENOMMEN
BENOMMEN
Guten Appe...
...tit ...
BEIB

...
Lecker!
WACH
Was ist das?
Käse und Schinken und ...
Da ist sie ja ... Mann, sind deine Gläser dreckig!
MAMPF
MAMPF
SCHOCK
...!
Da ist was Weißes drin, aber es schmeckt unheimlich gut!
Das ist ein Croque-Monsieur. Mit weißer Soße.
REIB
Hier, deine Brille.
Mh ...
SST

Guten Morgen ...
... Kyosuke!
Ich liebe ihn.

Und was ist nun dieser Croque ...?
Hör ich zum ersten Mal.
Croque-Monsieur! In dem Magazin für Mädchen, an dem ich zuvor gearbeitet hab, war ein Rezept dafür abgedruckt. Ich wollt's einfach mal ausprobieren.
Hä?
Typisch Kyosuke! Du bist so talentiert!
Die weiße Soße hab ich gestern gemacht und daher Zeit gespart.
Nein, das ist mega-einfach.
Ich bewundere dich! Ich wünschte, ich könnte auch was zubereiten.
Die Suppe ist ebenfalls lecker!
Für jemanden, der nicht mal Fertignudeln zufriedenstellend zubereiten kann, wird das wohl nichts.
Du machst Soße rein ...
... ohne vorher das heiße Wasser abzugießen ...
... oder lässt alles rauslaufen, wenn du das heiße Wasser abgießt.
KNARZ
Ich muss jetzt langsam los.
Den Abwasch überlass ich dir.
Mhm ...
TOCK
Den Schlüssel werfe ich dann wie immer in den Briefkasten ...
TONK

DOMP
Pass auf ...!
BWWW
BWWW

Oh ...
ZUCK
Sorry ...
Ist das die eine Frau ...?
...
Mhm ...

PACK
...Lass den Scheiß endlich!
VOYAGE DEPT
Niemand wird glück-lich ...
... wenn du dich an den Besitz eines ande-ren ran-machst!

Hah!
...
Unsere Begegnung kam vielleicht etwas zu spät.
Die Sache zwischen Yuriko und mir ...
... ist aber echt.

*eine Haltestelle in Tokyo

Es ist einiges vorgefallen und wir haben uns 'ne Zeit lang nicht sehen ...
... aber seit wir uns vor einem Jahr auf einem Klassentreffen wiedergesehen haben ...
... treffen wir uns jetzt häufiger.
K2AD
Es passiert auch oft ...
... dass wir, so wie heute, beim jeweils anderen übernachten.
Ich bin schon seit jeher in ihn verliebt.
Herr Shina!
ばんっ
BAMM
Ich kann das Verlangen nicht stoppen ...

Guten Morgen!
Die hier hängen seit heute aus!
Haben Sie sie schon gesehen?
Die stachen sicher auch in der Bahn ordentlich hervor ...
DIREKT
Affären sind Scheiße!
Hä?!
In letzter Zeit sind die Medien voll auf dem Trip und verherrlichen sie, aber im Endeffekt ist es ein asoziales Verhalten!
»Ich kann das Verlangen nicht stoppen ...«? Reden da Highschool-Schüler, oder was?! Ein richtiger Erwachsener wird ja wohl bei Vernunft bleiben können!
KRIEE
Ist das nicht eine Werbung, bei der Sie fürs Design verantwortlich waren, Herr Shina?!
Ich versteh nur noch Bahnhof!
Und Yamada! Was die Zeichensetzung für den Flyer angeht, den du gestern entworfen hast. Der Abstand zwischen dem »n« und dem Punkt ist zu groß!
Wie oft muss ich's sagen, damit du's kapierst?!
Ja, sorry ...
Hätte ich ihn nur nicht angesprochen ...
n.
Es geht um diesen Abstand.
Als Designer musst du auch auf die kleinsten Details achten!
Morgen, ihr beiden!
Ich bin wieder da!

Aha ha!
Ihr versteht euch wie immer so gut!
Wo verstehen wir uns bitte gut?!
Genau in solchen Punkten!
Ihr wart voll synchron!
So, ich geb euch die Gesamtentwürfe zurück!
Gut ...
Die Gesamtentwürfe, die wir neulich produziert haben, sind zurück.
Ein vollendetes Beispiel des endgültigen Layouts.
Man hat sich für Design C entschieden, das von Shina entworfen wurde.
Design C
Love

Wieder hat sich's Shina unter den Nagel gerissen!
Mann!
Aber zugegeben ...
... war dein Design auch dieses Mal das stylischste.
Auch wenn's mich schmerzt, das zuzugeben ...
Hören Sie bitte auf!
Sie haben mich immer wieder korrigieren müssen, Herr Shimizu. Ich hab noch viel zu lernen ...
Bald werde ich wohl abgelöst, was?
Die Jünglinge ziehen in die Welt hinaus ...
Hä?!
Ich möchte Herrn Shina nicht als Vorgesetzten!
Was soll das heißen, Yamada?!
Herr Shimizu!
Da sind sie ja!
Ich muss etwas mit Ihnen besprechen!
RATTER
Spaß beiseite ...
Wir müssen ...
... dieses Pinseldesign bis morgen fertigstellen ...
Ehrlich gesagt, möchte die Agentur, dass wir an einem Gesamtentwurf zusammenarbeiten ...
... der bis morgen früh fällig ist.
Morgen früh?!
Nein ...
Das ist etwas ...
Ich flehe Sie an!
Alle anderen Teams haben bereits abgelehnt. Ihres ist das einzige, auf das ich mich noch verlassen kann!

Es handelt sich dabei um Firma Y ...
... also ist die Bezahlung gut!
Äh ...
DODOM
DODOM
DODOM
DODOM
Bis morgen früh?
Das bedeutet definitiv die ganze Nacht durchmachen ...
Herr Shimizu ...
... das ist kein Problem. Ich kümmer mich darum.
Hä?! Aber Shina, das muss bis morgen früh fertig sein ...
Und Sie haben doch noch andere Projekte?!
Sei ruhig, Yamada!
Solange ich da mit Feuereifer rangehe, wird's schon werden.
Lassen Sie es mich übernehmen.
Ich werd's definitiv irgendwie hinkriegen.

Dann ...
... ist's gebongt ...
Vielen herzlichen Dank!
Hurra!
Dann treffen wir uns morgen um 14 Uhr bei der Agentur. Ich baue auf Sie!
Herr Shimizu, alles okay? Sie sind kreidebleich.
TAPP
Nein, sorry, sind nur chronische Magenschmerzen ...
Es passt mir überhaupt nicht, was für ein Sklaventreiber Firma Y ist.
Zuvor haben sie Sie doch ebenfalls gerufen, um Präsentationsmaterial zu vollenden ...
... und Sie sind danach völlig kaputt wieder nach Hause gegangen, oder?
Warum nehmen Sie also so einen üblen Auftrag an?
Die Erfahrung, sich mit einer großen Agentur zusammenzuschließen und unter einem erstklassigen Director zu arbeiten ...
... will ich machen, auch wenn's mich sonst was kosten sollte!

Um ein vollwertiger Artdirector zu werden ...
... möchte ich alles tun, was ich für richtig halte.
Und ich bin überzeugt, dass ich das schon schaukeln kann!
Shina ...
... Sie wirken wie ein starker Antagonist aus einem Shonen-Manga.
Muha ha ha! Ich ...
... bin im Recht!
Was heißt hier Antagonist?!
Doch wohl eher der Protagonist!
Mag Helden
Für mich ist Shina die einzige Rettung ...
BWWW
BWWW
Ein Bild von deiner Tochter
FUNKEL
Nein, Shina und Kinder sind es ...
Mann, ist sie heute wieder süß!
Vernarrter Vater!
SCHWÄRM
SCHWÄRM

Wahr-
scheinlich
...
... möchte
ich ...
... dass
Kasumi
genauso
wird ...
Einfach
nur ganz
normal ...
... glücklich.

Single party
...
LÄRM
LÄRM
Yo!
Sorry, dass du warten musstest!

LINS
Ich möchte seine Hand halten ...
Ich liebe ihn.
... ihn umarmen und küssen.

Wären wir ein gewöhnliches Paar, bestehend aus Mann und Frau ...
... wäre unser Umfeld höchstens genervt, dass wir's an so einem Ort machen.
Wir jedoch würden Gefahr laufen, als abnormal abgestempelt zu werden.
Das ist definitiv ...
... nicht richtig.
PRESS
LÄRM
LÄRM
Lang ist's her ...
... dass ich im Kino war.

Als Studenten sind wir doch oft gegangen.
Weil du mich mitgeschleppt hast, Kyosuke!
Ich bin sonst der Typ, der sich damit zufriedengibt, zu Hause 'ne DVD zu gucken.
Nach langer Zeit mal wieder im Kino zu sein ...
... hat echt Spaß gemacht.
Du würdest halt nie das Haus verlassen, würde man dich lassen, Kasumi.
Und dein Zuhause ist ein Saustall!
Hi hi!
...
Ich werf meinen Müll brav weg ...
Nur weil Sachen verstreut herumliegen, ist's noch längst kein Saustall ...!
TOCK
GRUUUMMEL
SST

Muha hà!
In deinem Magen klingts auch wie im Saustall, was?!
Kein Scherz!
Hi hi hi hi!
Uh ...
ERRÖT
Alles klar!
Hier in der Nähe ist ein guter Laden.
Lass uns hin-gehen!
Ein stylischer Laden ...

Wäre es nicht besser gewesen hier mit 'ner Frau hinzugehen, statt mit 'nem Mann?
Übernachtest du in letzter Zeit wieder auf der Arbeit?
Nö, ich hab auf der Arbeit so viel zu tun, für so was hab ich keine Zeit.
HAPP
Diese Woche hab ich drei Nächte durchgemacht.
Hm ...
Drei Nächte?!
SCHRECK
Kyosuke, so wie ich dich kenne, hast du dir nur wieder allerlei Dinge aufgeladen ...
Hah ...
... überzeugt davon, dass jemand wie du das schon schaukeln wird.
Ich wurde durchschaut ...

Wenn du dich überanstrengst, machst du deine Gesundheit kaputt.
Tja, ich weiß, aber es überkommt mich ein Gefühl der Erfüllung, nachdem ich was vollbracht hab ...
... und wenn ich die ausm Vertrieb mit tränenerfüllten Augen sehe, kann ich sie nicht einfach so stehen lassen.
Ich weiß ...
Genau das liebe ich an dir ...
... Kyosuke.

REIB
Aber übertreib es bitte nicht!
Ja ...
KLACK
Sorry, dass Sie warten mussten, Herr Shina!
Ah! Herr Amemiya?
Freut mich, Sie kennenzulernen. Ich bin Mori.
Ich bin Yamauchi!
Ich hoffe, wir werden viel Spaß haben!
Wer ...?
KLATTER
Ah ... Mitarbeiterinnen aus meiner Firma!
Kommen Sie beide erst mal her und setzen Sie sich ...

BAMM
Ich geh heim ...
Kasumi!
STOPP
Sorry, ich hab Scheiße gebaut.
Ich hab dir was vorgemacht und dich hier mit hingeschleppt ...

Hattest du von Anfang an vor, mich diesen Frauen vorzustellen ...
... und hast mich nur deswegen eingeladen?
Ich halte es definitiv für besser ...
Nun ...
... wenn du dich mit vielen verschiedenen Frauen triffst, Kasumi.
SCHLUCK
PACK

Nicht mit so einer Schlampe, die fremd-geht ...
... sondern mit Frauen, die nur dich lieben ...!
Halt's Maul!
Du hast leicht re-den!

Dabei hast du mich damals doch abserviert ...

Ich liebe ihn.
TAPP
Ich liebe ihn.
Ich liebe ihn ...
... aber ...
KRAMPF

... ich schaffe es nicht ...
... ihn glück-lich zu machen.

There
Are Things
I Can't
Tell You

Mein Vater war ein Art-director.
Kyosuke!
Du darfst an Orten mit so vielen Menschen nicht rennen.
Aber ich will schnell sehen, was Papa entworfen hat!!
Und was, wenn du dich verläufst?
Dann hast du ein Problem, oder?
DESIGN WE
Er war ein ernster, kompromissloser und unnachgiebiger Mann ...
... der Korrektheit liebte.
Aber ...
... ich liebte ...
... Papas funkelnd leuchtende Kolorierungen über alles.

02

In der zweiten Klasse der Grundschule ...
... zog der Nachbarjunge, mit dem ich mich super verstanden habe, weg.
Ich weinte Tag für Tag.
Warum schmerzte mein Herz so sehr?
Damals verstand ich es noch nicht.
Wie geht's Kyosuke?
Unverändert!
Er will nicht essen und weint die ganze Zeit.
Und das, obwohl bereits 'ne Woche um ist.
Hi hi!
Es ist fast, als sei er in den Jungen verliebt gewesen.

Ach so! Das ist also ...
POCH
POCH
POCH
Es war ein Gefühl, dass ich noch nie für jemand anderen ...
... empfunden hab.
Sag nicht so was Abartiges!
Ach komm, war doch nur ein Scherz.
Auch im Scherz darfst du vor Kyosuke so was nicht sagen.
Wenn er sich von so was beeinflussen lässt und sich in eine seltsame Richtung entwickelt, haben wir ein Problem.
Du denkst zu viel nach!
Ach so ...
Das ist ...
... also nicht richtig.

Im Sommer in der fünften Klasse der Grundschule ...
Also dann, alle zusammen! Auf Wiedersehen!
Auf Wiedersehen!
Hey! Lass uns heute Fußball spielen gehen!
Oh ja!
Auf geht's!
DOMP
Wo wollen wir spielen?

Ah!
IGNORIER
Sorry, Kasumi ...
Hey!
Ignorier mich nicht!
...
Ob er auch gern Fußball spielt??
Er ist schließlich immer allein und scheint Zeit zu haben.
Hä?!
Auf keinen Fall! Das ist doch eher so einer, der immer allein in der Bibliothek rumhängt und Bücher liest.
Du kannst Außenseiter echt nicht ignorieren, was, Kyosuke?
Er soll in einer schäbigen Wohnung, unten an der Ecke beim Fluss, wohnen.
Meine Mutter meinte, ich solle mich von ihm fernhalten. Es sei besser, wenn wir uns nicht mit ihm abge...
DOINK
Aua!
Es ist nicht okay, so schlecht über jemanden zu reden!

Okay ...
Aha ha! Mach dir nichts draus!
Ah, da bist du ja!
Shina!
Ich hab vergessen, dir die Aufgaben der Klassensprecher auf der Versammlung nächste Woche mitzuteilen.
Könntest du noch kurz im Klassenzimmer bleiben?
Entschuldige ...
Was?!
Da kann man nichts machen.
Ich komm nach, sobald ich fertig bin.
Geht schon mal zum Park vor!
Alles klar!
TAPP
TAPP
Mist!
Jetzt ist es später geworden, als ich dachte ...

*Sternenfest in Japan am 7. Juli, bei dem Wunschzettel an Bambusäste gehängt werden.

Ah ...
Wa...
PANIK
Nein ...
... das ist ...!
PANIK
?
Warum versteckst du ihn?
Ist doch ein megatoller Wunsch!
?
TAUMEL
Findest ... du ...?!
Ah!
Wenn du noch weiter nach hinten ausweichst, wird's gefährlich ...
Oha!
Alles okay?!
Kasumi?!
PLUMPS
Das war ja ein Manga-reifer Sturz!

Die anderen aus unserer Klasse warten im Park Nummer fünf.
Wenn du Zeit hast, dann lass uns Fußball spielen gehen!
...
Du bist echt witzig!
Hm ...
Solche Dinge hasse ich!
Wenn du mit mir spielst ...
... werden sie nur über dich lästern!
PACK

Es macht mir nichts aus.
Lass uns gehen!
Auf diese Weise häuften sich die Gelegenheiten, miteinander zu spielen.
Kasumi, pass hier rüber!
Ich fing an, Kasumi ...
... der sein Herz langsam öffnete, niedlich zu finden.
Du hast dein Haar geschnitten ... Sieht cool aus!
Dieses Gefühl ist nicht richtig.

Des-wegen ...
... war ich vorsichtig, mich nicht in ihn zu verlieben ...
... bis zu jenem Tag ...
Ich hänge im Laufe des heutigen Tages die Ergebnisse für den schulin-ternen Poster-wettbewerb aus.
Geht spä-ter nach-schauen!
Platz eins hat sicher Kyo-suke.
Er macht eben tolle Bilder ...
... und hatte auch letztes Mal den ersten Platz.
Das wissen wir doch noch gar nicht!
Doch, selbstver-ständlich.
Platz 1
Kyosuke Shina
Ein gutes Herz
Platz 2
Du hast definitiv den ersten Platz!

Schatz, hör mal!
Kyosuke hat auch dieses Mal beim schulinternen Posterwettbewerb den ersten Platz bekommen.
Ganz dein Sohn, was?
Ist doch selbstverständlich, dass er auf schulinterner Ebene Platz eins schafft.
Da muss man doch nicht jedes Mal so 'nen Wind drum machen!
Ngh!
Platz 2

Was machst du da?
Das wird nicht länger gebraucht ...
PACK
W... Warum?
Das stimmt doch gar nicht!
Hör auf!

BAMM
Wenn's nicht der erste Platz ist, hat es keinerlei Bedeutung!
Daher ist es überflüssig!
E...
Es ist überhaupt nicht überflüssig!

Ich liebe dein Bild am meisten!
Du lügst ...
Am besten ist das auf Platz eins ...
Ich mag deins aber lieber, Kyosuke!
Dein Bild ist so bunt ...
... und macht mich extrem fröhlich!
Auch wenn die anderen es nicht auf Platz eins sehen ...

Ich mag ...
... dieses Bild am liebsten!

Ab diesem Moment verliebte ich mich in Kasumi ...
... so schnell, als würde ich bergab rollen.
Kasumi!
Hey!
Warum ist hier wieder so ein Chaos, obwohl ich gestern erst hier war?!
...
Hätte ich gewusst, dass du heute auch kommst, hätte ich etwas aufgeräumt.
Du bist plötzlich aufgetaucht.
Lügner! Ich komm doch in letzter Zeit täglich!
Alles Ausreden ...
WHIUUU

Ich schrieb mich an derselben Mittelschule und Highschool ein.
Auch an der Uni, obwohl wir durch die Wahl unserer Fächer getrennt waren ...
... nutzte ich meine Position als Freund aus ...
Du brauchst mich nicht extra föhnen ...
Wenn ich's lasse, gehst du doch mit nassen Haaren pennen.
... und war ihm auf diese Weise näher als je zuvor.
Es tut mir irgendwie leid ...
Hä?
Obwohl du im Kunststudium täglich krasse Hausarbeiten bekommst ...
... hab ich das Gefühl ...
... dir nur noch mehr Arbeit zu machen, weil ich so schlampig bin.

Quatsch!
Wenn du das schon so sagst, tut es mir eher leid ...
... da ich die ganze Zeit hier bin, weil die Kunsträume in der Nähe sind.
Für mein überarbeitetes Hirn ist deine Unbeschwertheit eine Wohltat, mach dir also nichts draus.
Meine Unbeschwertheit?
WHIUU
Ja.
Meine Brille! Meine Brille!
Wenn ich angepisst von einer Hausarbeit bin und du dann mit deiner Brille auf dem Kopf rumläufst und rufst »Wo ist sie?« ...
... oder du mir erzählst, wie du auf eine Bananenschale getreten und ausgerutscht bist, beruhigt es mich wieder.
Uwah!
Du machst dich lustig über mich.
Mach ich nicht.
Ich sag das mit Liebe!
Gut, als nächstes trockne ich deinen Pony.
SCHMOLL
Ach ja, du hast doch auch ab nächster Woche Sommerferien, oder, Kasumi?
Sag mir vorher Bescheid, wenn du an irgendwelchen Tagen weggehst.
Dann komm ich an diesen Tagen nicht vorbei.

Ich geh nirgendwohin!
Wenn du mit deinen Hausarbeiten fertig bist ...
... und Zeit hast, können wir gerne abhängen.
Mit anderen brauch ich so was nicht ...
Hmpf ...
Okay, fertig.
Jetzt sind sie wieder geschmeidig und trocken.
Ah!
Danke!
KLANK
Irgendwann werden wir uns trennen müssen ...
Deswegen will ich zumindest jetzt an seiner Seite sein.
Der Trockner lag ursprünglich hier, nicht?

Lass ihn einfach irgendwo dort liegen.
Ich benutz ihn morgen eh wieder.
Was?!
Na hör mal!
Würdest du alles immer brav wegräumen, würde es hier nicht so aussehen!
Kasumi Amemiya
Hey, lass deinen Studentenausweis nicht an so 'nem Ort liegen!
Du verlierst ihn noch ...
ZACK
DRÜCK
Hast du's gesehen ...?
Was ...?
Mein Foto ...
Hab ich nicht.

Ein Glück!
Puh ...
BATS
Hey!
Was machst du?!
Defintiv Nicht!
GRINS
GRINS
Zeig her!
Gerade so außer Reichweite
Ich weiß, dass du nicht foto- gen bist, Kasumi.
Ich werd nicht la- chen, al- so zeig schon her!
Nein, du wirst definitiv lachen ...!
RUTSCH
RUMS

POCH
POCH
POCH
POCH
POCH

Mist!
Ich muss schnell auf-stehen ...
PRESS
... sonst denkt er noch sonst was von mir ...
Ich liebe dich.
ZITTER
ZITTER
DRÜCK

...
Ich ...
... liebe dich, Kyo-suke ...
Buwaah ...

Hä?
Mich?
Kazumi ...
... ist in mich ...?
Person,
ich liebe,
heiraten und
glücklich mit
ihr zusammen
Nein ...
Hab ich ihm ...
... missverständliche Signale gesendet?
Dadurch, dass ich ständig an ihm klebe, hat er kaum Kontakt zu anderen ...
... und so hab ich eine Situation geschaffen, wo ich die einzige ihm nahestehende Person bin.
Hab ich Kasumi dadurch in den Irrglauben geführt, dass er mich liebt?
»Das ist abartig.«

Bestimmt ist das so.
Immerhin ist das hier ...
... »nicht richtig«.
Kasumi ...
... was du empfindest, ist keine Liebe.
Du verwechselst da was.

SST
Er wird, so wie's sich gehört, einer Frau begegnen ...
... sich verlieben ...
PATAMM
... und glücklich werden.
Er wird's sicher merken, wenn wir uns voneinander fernhalten.
Davon war ich damals überzeugt, aber ...
KLACKER
Entschuldige wegen neulich.

Du hast dir nur Sorgen um mich gemacht ...
... und ich bin zu emotional geworden.
Es ist nur ...
... egal wer mir was sagt, ich liebe Yuriko.
Sie mag verheiratet sein ...
... aber das ist nur ein Teil von dem, was sie ausmacht.
Ich will, dass du das verstehst, Kyosuke.
Für das Glück, das Kasumi für sich ausmalt ...
... ist eine Affäre nutzlos, sinnlos, reine Zeitverschwendung.
Ja ...
... ich verstehe!
Es scheint bei euch ja gut zu laufen.
In Wirklichkeit weiß Kasumi selbst nicht, ob es das Richtige ist.

Ja ...
Wir unterhalten uns gerade darüber, ob wir nächsten Monat nicht verreisen wollen.
Bis Kasumi das richtig bemerkt hat ...
... möchte ich weiter an seiner Seite bleiben.
Shina!
Komm mal kurz her.

Dieses Mal gibt's einen Präsentations-Wettbewerb eines Kosmetikmagazins ...
... bei dem alle Firmen einer Großagentur teilnehmen.
Diese Marke hat meine Mutter immer benutzt.
Uwah! Das sieht nach 'nem Riesenauftrag aus.
Möchtest du nicht versuchen, diese Arbeit als Director zu leiten, Shina?
Du hast als Designer einiges an Erfahrung sammeln können ...
... deswegen möchte ich, die Position des Directors dir überlassen.

Ist es wirklich okay, einem unerfahrenen Grünschnabel die Aufgabe des Directors zu geben ...?
Du hast doch schon seit jeher eigene Designs vorgelegt, die von meinen Konzepten abwichen ...
... und damit gute Ergebnisse erzielt.
Ich schlage das vor, weil ich sicher bin, dass du's schaffen kannst, Shina.
Wenn du sagst, das geht nicht, dann tausche ich dieses Projekt gegen eines mittlerer Größe mit einem anderen Team ...
PRESS
I...
KLATTER
Ich will's definitiv tun!
Bitte lassen Sie's mich machen!
Ha ha!
Dacht' ich mir, dass du das sagst.
Ehrlich gesagt, habe ich auch schon längst beschlossen, dass du's machst.
Gib dein Bestes!
Herr Shina ...

Ihr Bart und Ihre Augenringe sind ja schrecklich!
Klappe, Underground-Yamada!
Underground?
Weil du eine Subkultur-Brille trägst.
Die Vorbereitungen für die Präsentation sind krass, oder?
Wenn's etwas gibt, das ich tun kann, sagen Sie's bitte.
Ja ...
Wird er nicht. Dieser ...
... Perfektionist ...
An so einem riesigen Projekt teilnehmen zu dürfen, ist nicht ohne.
Das ist eine seltene Chance.
Ich werde definitiv einen Erfolg
chen.
Ah ...
PLUMPS

Bin ich müde ...
Nächte durchzumachen und zwei Stunden mit dem letzten Zug durchzufahren, ist echt hart ...
Tja, aber dafür ist mein Konzept fast fertig ...
Jetzt muss ich nur überlegen, wie ich's anwenden kann ...
...
Ich vermisse Kasumi ...
Ich will ihn berühren, ihn küssen ...
Ich kann mir aber nicht erlauben, so was zu sagen.
Es reicht mir schon, mich mit Kasumi zu treffen, mich mit ihm über alberne Dinge zu unterhalten ...
... und gemeinsam zu lachen.
Chat
Kasumi Amemiya
Er hat mir immer noch nicht ...
... auf meine Nachricht von gestern geantwortet ...
Chronik

Es passiert häufig, dass seine Antwort auf sich warten lässt, nachdem er's gelesen hat ...
... aber dass seit zwei Tagen nichts kommt, ist zum ersten Mal so ...
Roll
!
Er hat's noch nicht mal gelesen ...?
Danke. Gute Nacht
Gute Nacht
Vorgestern
Jetzt wird rangeklotzt! Diese Woche hab ich viel auf der Arbeit zu tun und werde wohl nicht nach Hause zurück können. Wie sieht's bei deinem Job aus, Kasum
SCHRECK
AUFRICHT
DRRRING
DRRRING
TICK
TACK

Der von Ihnen gewählte Teilnehmer ist vorübergehend nicht erreichbar …
Dabei sollte er um die Uhrzeit längst zu Hause sein …
POCH
POCH
POCH
ドッ
POCH
ドッ
BAMM

Sag mir, Kasumi ...
... was soll ich tun ...
... damit du glücklich werden kannst?

There
Are Things
I Can't
Tell You

There
Are Things
I Can't
Tell You

Meine Eltern haben sich nicht geliebt.
Mein Vater war voller Stolz auf seinen ausgezeichneten akademischen Hintergrund ...
... und wünschte sich auch von mir exzellente Ergebnisse.
Mann, Kasumi! Kriegst du nicht mal so was hin?!
Er wird nur wieder sauer auf mich! Reiß dich zusammen!
KLACKER
Tut mir leid, Mama ...
Kasumi kriegt anscheinend nichts auf die Reihe.
Das kommt, weil er deine Dummheit geerbt hat.
Was soll das denn heißen?!
Wäre ich nicht schwanger gewesen, hätte ich jemanden wie dich nie geheiratet!

Uh ...
SCHLUCHZ
Wenn ich mit jemandem durchs Leben gehen soll ...
... dann will ich mit jemandem zusammen sein ...
... den ich definitiv liebe.
Letztendlich haben sich meine Eltern aufgrund ihrer ...
... Meinungsverschiedenheiten scheiden lassen.
Nachdem mich beide verstoßen haben ...
... nahm mich meine Oma mütterlicherseits ...
... die das nicht länger mit ansehen konnte, bei sich auf.

03

Wasser wertschätzen
Dieses Bild ...
Es strotzt vor Kraft.
Es gefällt mir ...
Ausgewählte des Posterwettbewerbs fürs Wasserwerk
Kyosuke Shina
Wer das wohl ist ...?
Oh!
Shina!
Aha ha!
Echt jetzt?!
Kyo-suke!
Du hast beim Posterwettbewerb erneut gewonnen, nicht?
Wahn-sinn!

Er ist das also ...
Kyosuke Shina ... Bis zum vierten Jahr in der Grundschule waren wir immer in anderen Klassen.
Er ist gut in der Schule und im Sport.
Ein Junge, der heraussticht.
KNICK
Uwah!
Was war das?!
PLOPP
KULLER
PARDAUZ

Kasumi!
Was machst du denn?!
Ich bin immer so.
Warum krieg ich nicht mal so einfache Sachen auf die Reihe?
Alles okay?
Hast du dich verletzt?
Er ist fröhlich ...
... und hat Selbstvertrauen ...
... extrem beliebt ...
Er ist das genaue Gegenteil von mir.
BATS

Wäre ich mehr so wie er ...
... wäre Mama sicher nicht so hysterisch geworden ...
... und hätte mich vielleicht nicht verstoßen.
Nothing ventured, nothing g
»Der ist echt ein Vollpfosten!«
Selbst wenn ich mich mit anderen abgebe, sind sie am Ende doch alle nur von mir angepisst.
Ich brauch meine Dämlichkeit nur zeigen und schon hassen sie mich alle.
»Warum bist du so ein Nichtsnutz?«

Darum ist es besser, wenn ich mich gar nicht erst auf jemanden einlasse.
Allein ist es am besten.
KLACK
KLACK
KLACK
TUSCHEL
TUSCHEL
PATAMM
Will-kommen zurück ...
... Ka-sumi.
Ich bin wieder da ...

Ich wüns
mir, die
Person, die
ich liebe, zu
heiraten und
glücklich mit
ihr zusammen
zu leben.

Niemand sieht zu, oder ...?
So dämlich ...
Als ob so was jemals in Erfüllung gehen würde ...
Ich wünsche mir, Person, ich liebe, heiraten und glücklich mit ihr zusammen
Oh!
Was für ein süßer Wunsch!
POCH
Kyosuke Shina!
Schlimmer hätt's mich nicht treffen können!
Nei...
Das ist ...!
Er wird sich über mich lustig machen ...!

Ist doch ein megatoller Wunsch!
Hä?!
TAUMEL
Kasu-mi?!
DOMP
Jetzt hab ich's geschafft ...
Dieses Mal wird er sicher die Schnauze voll von mir haben ...!
Oha!
Alles okay?!
Das war ja ein Manga-reifer Sturz.

Du bist echt lustig!
Kyosuke war mein Held.
Es gab nichts, was er nicht tun konnte.
Er war nett ...
... und nahm immer Rücksicht auf die Gefühle anderer.
Er war zwar manchmal stur, aber immer korrekt. Eine perfekte Person.

Ich fragte mich, ob Kyosuke überhaupt irgendwelche Schwachstellen hat ...
»Was machst du da?«
Ich hab zum ersten Mal ...
... Kyosukes Handeln hinterfragt ...
Was mach ich jetzt?
Waren meine Worte nicht unangebracht ...?
DRÜCK
PATT
Kasumi!

Morgen!
Meine Sorgen blieben unbegründet.
Seit jenem Tag häuften sich die Momente, die Kyosuke an meiner Seite verbrachte.
ZIRP
ZIRP
Es ist echt heiß, was?
REIB
Unsere letzten Sommerferien in der Mittelschule neigen sich dem Ende zu, was?
ZIRP

ZIRP
Bist du mit den Hausaufgaben fertig?
Na klar!
Es gehört sich schließlich, seine Hausaufgaben täglich systematisch zu erledigen ...
Uwah!
Es schmilzt!
TROPF
ZIRP

Kyo-
suke ...
... hast
du jetzt
'ne Freun-
din?
Hä?!

Hast du uns etwa beobachtet?!
Vorhin?!
Nein, ich hab euch nur zufällig ... ganz zufällig gesehen ...
Sie ist nicht meine Freundin! Ich hab sie abgewiesen.
Hä?!
Mit dir zusammen zu sein, macht schließlich viel mehr Spaß, Kasumi.

Ich liebe ihn!
Ich liebe ihn!
Ich liebe ihn!
... Uh ...!
Hah ...
Hah ...
Aber irgendwann werden wir getrennte Weg gehen müssen.
RASCHEL
Oma?
RASCHEL
Schläfst du noch?
KLATTER
Ich geh jetzt zur Schule ...

VROOOM
斎場*
*Aufbahrungshalle

Jetzt bin ich ...
... ganz allein ...
Du hast mich.

Das Gefühl der Liebe allein ...
... reicht aber wahrscheinlich nicht aus.
Er war stets an meiner Seite.
Wenn man sich erst so sehr in eine Person verliebt ...
... ist es wahrscheinlich unmöglich, jemanden darüber hinaus zu lieben.
An jenem Tag brach jedoch alles in sich zusammen.
Ich kann aber nicht mit Kyosuke zusammenkommen.
Ich bin dazu verdammt, dieses Gefühl für mich zu behalten ...
... und mein Leben einsam zu bestreiten.
Ich liebe dich.

Ich
wusste,
dass es
vergeblich
war ...
... und war-
tete daher ge-
fühlt eine Ewig-
keit, mit einem
einzigen Sorry
abgewiesen zu
werden.
Kasumi
...
Es gab keine
Möglichkeit, die
Worte, die meinem
Mund unüberlegt
entflohen waren,
ungeschehen zu
machen.

Keine Liebe ...?
Mehr Gefühle als diese werde ich sicher niemals für jemanden entwickeln können.
Kyosuke hat aber immer recht.
Wenn das jedoch keine Liebe ist, was ist dieses Gefühl dann?
Was in aller Welt bedeutet es dann ...
... sich in jemanden zu verlieben?
KLICK
Amemiya!
Ehrlich gesagt war heute eine Singleparty mit den Sekretärinnen geplant ...
... aber einer fühlt sich nicht so gut und kann daher nicht kommen.
Magst du nicht helfen und für ihn einspringen?

Sie gehören zu einem Großkonzern? Wahnsinn!
Die sind alle echt niedlich, was?
Was macht ihr so am nächsten freien Tag?
KLATTER
SPLOSH
Kyah!
Was machst du da, Amemiya?!
Oh nein, es ist auf meine Kleidung gelaufen!
Sorry ...
Idiot!
»So bist du halt, Kasumi.«
RAUSCH

ZUSAMMENSACK
Mist ... ... ich bin besoffen ...
RAUSCH
Ah ...
Warum ...
... existiere ich überhaupt ...?
VORBEIGEH

Alles okay ...?
Das war Yuriko.
Kasumi ...
... du machst irgendwie ein so unzufriedenes Gesicht.
Mir geht's genauso.
Es wäre schön ...
... wenn wir die klaffende Leere in uns beiden gegenseitig füllen könnten.

Ich erfuhr bei unserem zweiten Treffen, dass sie verheiratet ist.
Sie sagte, dass ihr Ehemann sehr beschäftigt ist, sie viele Unstimmigkeiten haben und es nicht gut zwischen ihnen läuft.
Aber all das war mir egal.
In den Momenten, an denen ich mich mit Yuriko traf, konnte ich Kyosuke vergessen.
Das war alles, was zählte.
Und dann, als ich Kyosuke auf einem Klassentreffen ...
... das fünf Jahre später abgehalten wurde, nach langer Zeit wiedersah, glänzte und strahlte er ganz wie zuvor.
Als sich unsere Blicke begegneten ...
... wirkte Kyosuke etwas besorgt.

Ich habe jetzt Yuriko.
Als einfacher Freund kann ich jetzt sicher an Kyosukes Seite sein.
Lang ist's her.
Kasumi!
Die Tage, die ich mit Kyosuke verbringe, machen wie erwartet echt Spaß.
Dass mein Herz hin und wieder höherschlägt, liegt sicher nur daran, dass es sich an alte Zeiten erinnert.
Dass ich ihn wie verzweifelt berühren möchte, liegt sicher nur daran, dass ich Yuriko nur selten sehe.
Ich hab jetzt Yuriko ...
... daher kann ich unmöglich solche Gefühle für Kyosuke hegen.

Yuriko
Guten Abend. Mein Mann musste a Geschäftsreise. Will du nicht jetzt vorb kommen?
Ah, eine Antwort ...
BRRZ
BRRZ
Sorry, ich hab eine Verabredung.
Kyosuke ist mein Freund und Yuriko ist meine Geliebte. Nichts daran ist ungewöhnlich.
Ich war überzeugt davon ...
... dass Yuriko und ich uns lieben.
Was?

Wie ich sagte ...
... wir sollten es langsam beenden.
KLAPPER
Hä ...?! Warum?! Hat dir die Reise keinen Spaß gemacht ...?!
Darum geht es nicht.
Liebst du mich etwa nicht mehr ...?
Ich liebe dich ...
... aber ...
... du bist nicht meine Nummer eins.
Wir tragen beide diese Leere in unseren Herzen.
Ich dachte, wenn wir zusammen sind, können wir sie ein wenig füllen ...
... aber letztendlich sind sie so leer wie bisher ...

Wie sieht's bei dir aus, Kasumi?
Weißt du, in Wirklichkeit möchte ich nämlich ...
... dass jener Mann diese Leere füllt ...
Bin ich wirklich diejenige, die dein Herz erfüllen soll ...?
Ich verzweifelte ...
Ihre Worte ließen die Klarheit über mich hereinbrechen wie ein Steinhagel.
Ich ...
... hab Durst ...
... und Hunger ...

Aber jetzt ist …
… alles egal …
Ich will Kyosuke wiedersehen.
Ob Kyosuke …
… mich wieder aus dieser Dunkelheit ziehen kann?
Ich hoffe es.
GATSCHAK

Kasumi!
KRIEE
...!
Was ...
BAMM
... ist los mit dir?!
PATAMM
...
Warum bist du hergekom-men ...?

ZACK
Jemanden wie mich ...!
Jemanden wie mich solltest du lieber verwerfen!
Kasumi ...?
Yuriko und ich haben uns getrennt.

Yuriko hat mich nicht wirklich geliebt.
Und auch ich ...
... hab Yuriko nicht wirklich geliebt ...
DRÜCK
Weißt du ...
... Kyosuke ...
Ich konnte dich ...
... die ganze Zeit nicht vergessen ...
... und genau in jenem Moment begegnete ich Yuriko.
Ich dachte, sie wäre die Richtige ...
... aber dem war nicht so.
Auch jetzt war es nicht Yuriko ...
... von der ich mir gewünscht habe, sie würde herkommen ...

Du brauchst nicht nett sein.
Weis mich ab …
Sei kalt zu mir …
Verlass mich …
Tust du das nicht …
… weiß ich ehrlich nicht …
… wie ich dich vergessen soll, Kyosuke!

Hah ...
Ich liebe dich.

Alles, was ich jemals wollte ...
... war, dass du glücklich wirst, Kasumi.
Aber ...
... wenn du ohnehin unglücklich bist ...
... dann möchte ich derjenige sein ...
... der dich unglücklich macht.

There
Are Things
I Can't
Tell You

An jenem Tag, in jenem Zimmer ...
... verließ ich Kasumi ...
... weil ich wollte, dass er glücklich wird.
Im Endeffekt ...
... hat ihn das jedoch innerlich zerrissen und verletzt.
»Wenn du ohnehin unglücklich bist ...
... dann möchte ich derjenige sein, der dich unglücklich macht.«

04
Das ist
nicht der
richtige
Weg.
RIGHT

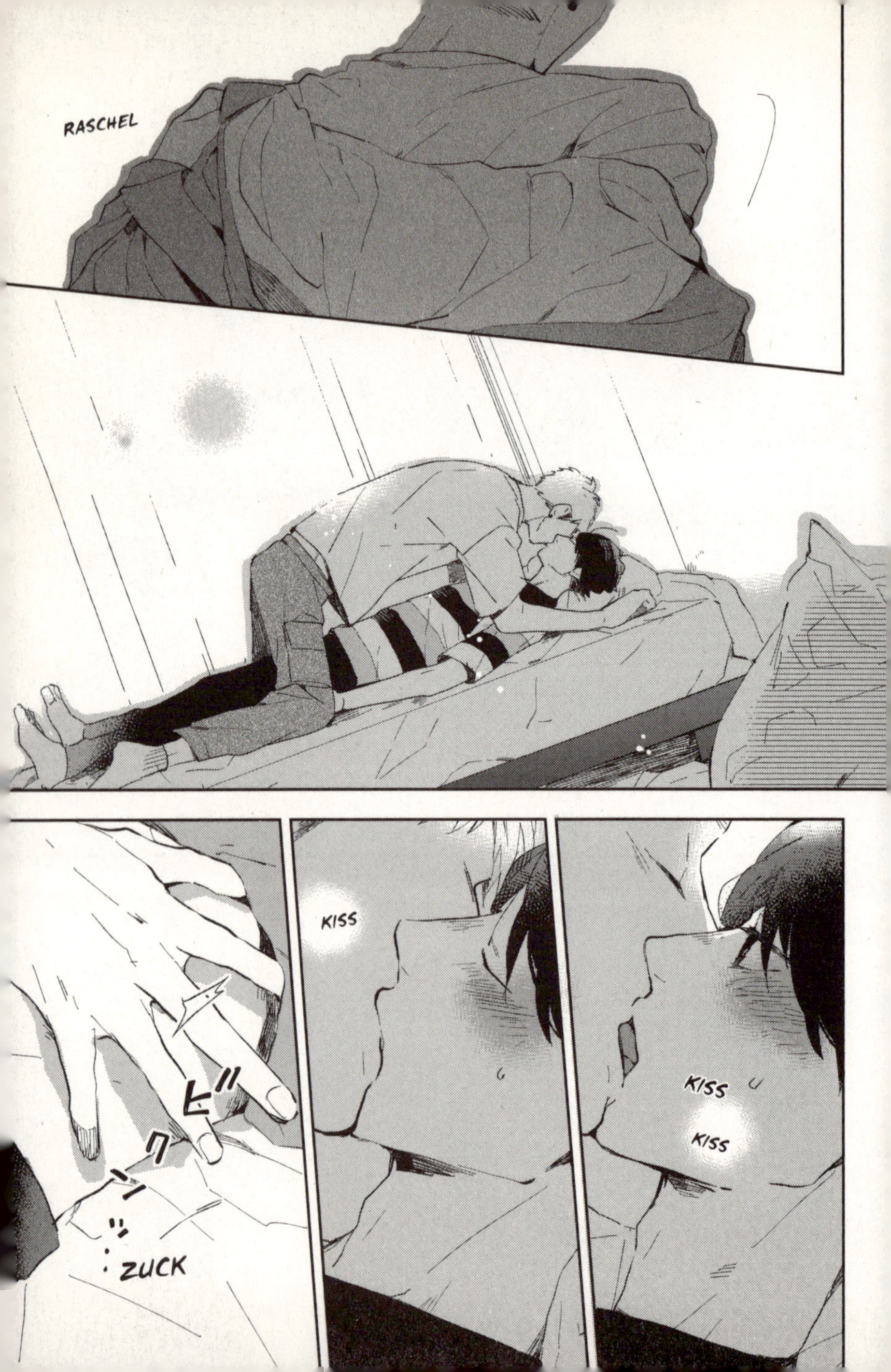
RASCHEL
KISS
KISS
KISS
ZUCK

KISS
KISS
...!
Mh!
Uh ...
RASCHEL
...
KISS
ZUCK
Hah!
Ah ...!
STREICH
KNET
Ah ...!
Mh ...!
Ah ...!
Mh ...!
KISS
KISS
ZUCK
Hah ...!
ZWIRBEL
ZWIRBEL

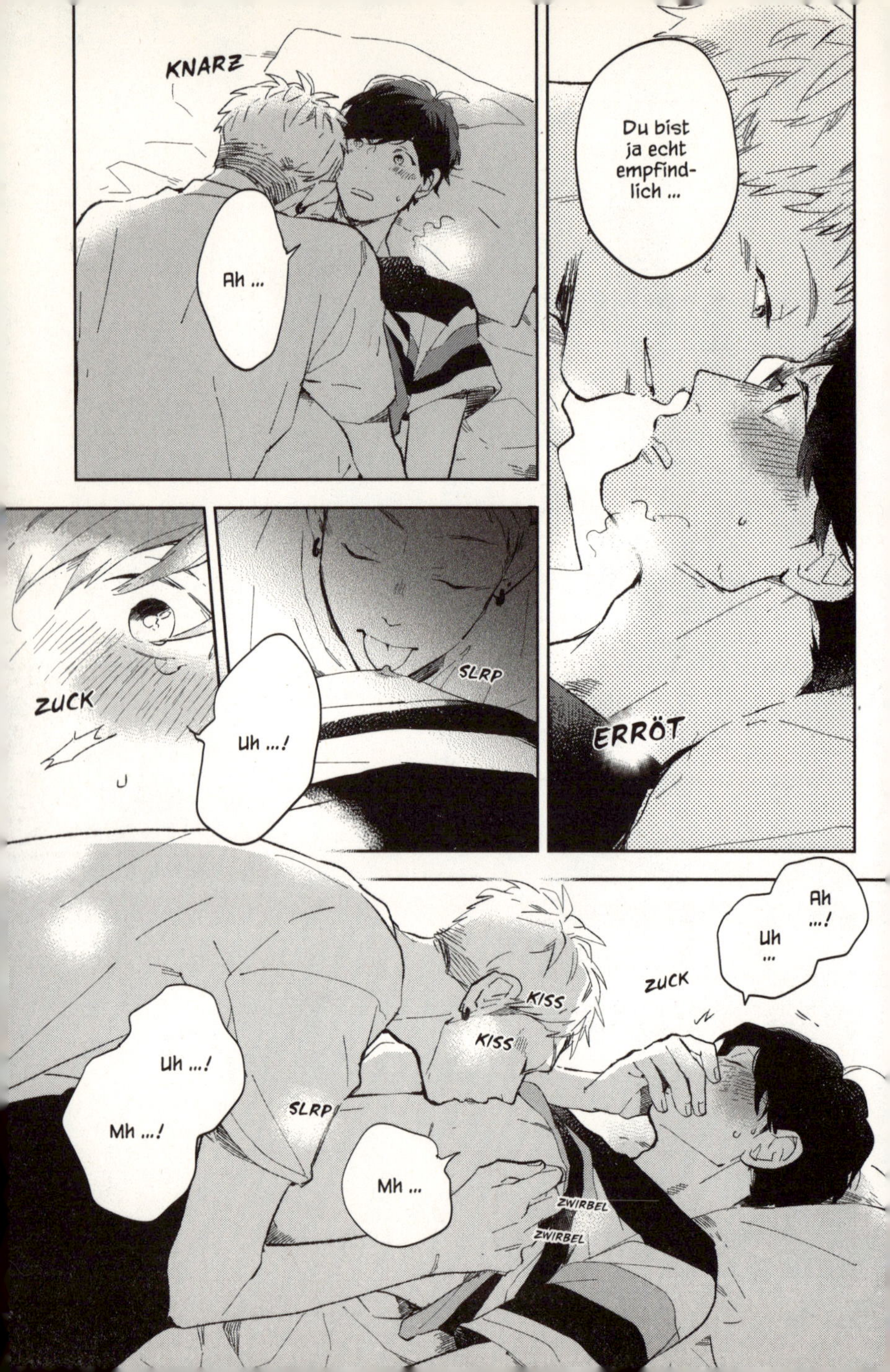

Du bist ja echt empfindlich ...
ERRÖT
KNARZ
Ah ...
SLRP
Uh ...!
ZUCK
Ah ...! Uh ...
ZUCK
KISS
KISS
SLRP
Mh ...
ZWIRBEL
ZWIRBEL
Uh ...! Mh ...!

TROPF
Scheint so ...
... als würde hier gleich was platzen.
STREICH
Nein ...!
SLRP
KISS
Ah ...
KISS
SCHWUPP
REIB
REIB

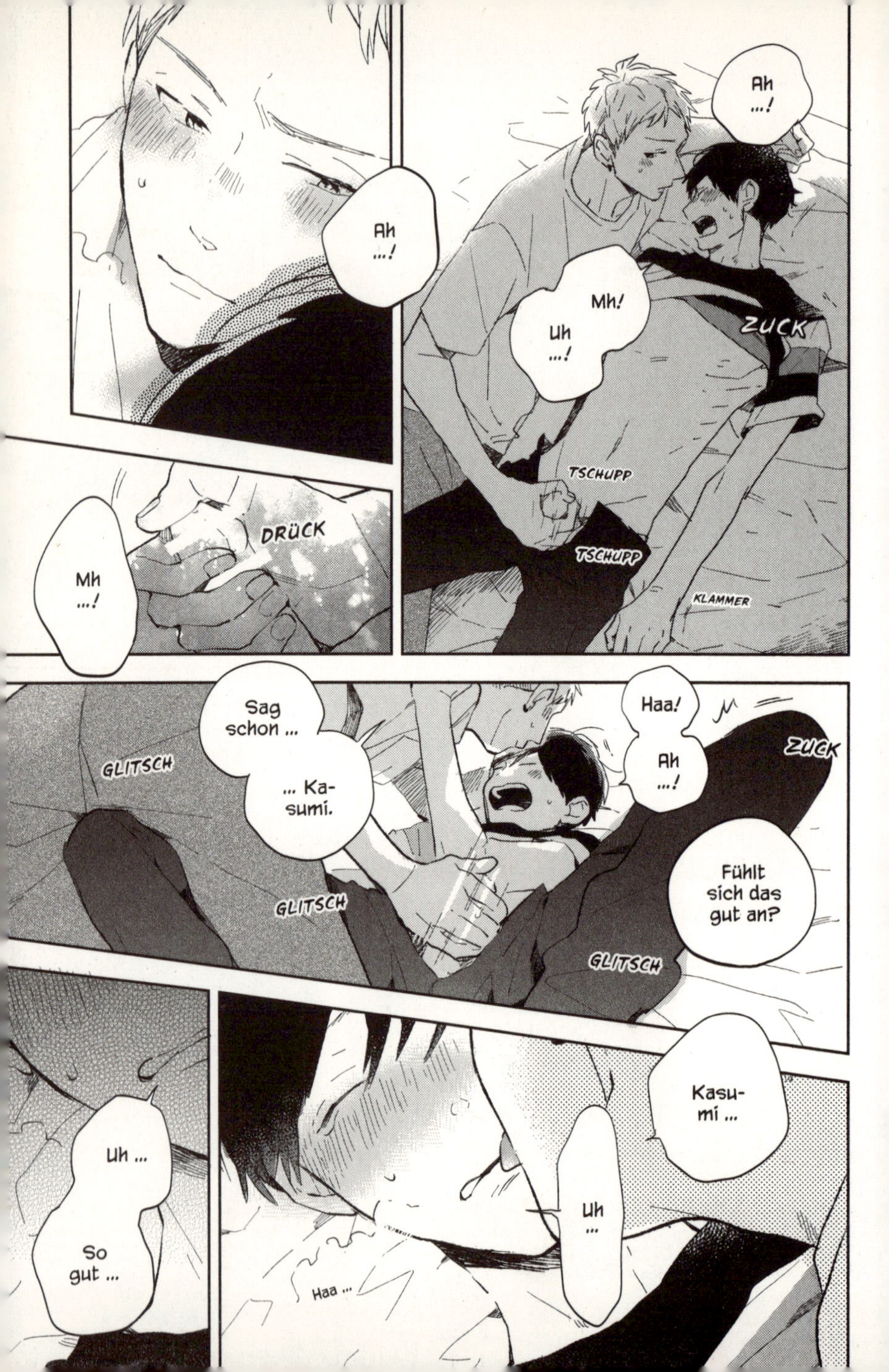
Ah ...!
Mh!
Uh ...!
ZUCK
TSCHUPP
TSCHUPP
KLAMMER
Ah ...!
DRÜCK
Mh ...!
Haa!
Ah ...!
ZUCK
Sag schon ...
... Kasumi.
Fühlt sich das gut an?
GLITSCH
GLITSCH
GLITSCH
Kasumi ...
Uh ...
Haa ...
Uh ...
So gut ...

Es fühlt sich so gut an ...!
Hah!
Es macht ...
... mich noch wahnsinnig ...!
Ngh!
SLRP
Uh ...
War ...
TSCHUPP
TSCHUPP
Wenn du so weitermachst ...
Hah ...
Ah!
Ich ...
GLITSCH
... komme ...!
GLITSCH
...!
BADUM

Hah ...
Hah ...
STREIF
RASCHEL
RASCHEL
DRÄNG
Mh ...
ZUCK
Mhm ...
ZWIRBEL
ZWIRBEL
STOB
STOB
Kasumi ...
Das ist dein erstes Mal mit einem Mann, oder ...?
STOB
Uh ...
Ja, mein erstes Mal ...!

Hast du hier selbst schon mal an dir rum-gespielt?
ERRÖT
あっ…
PRESS
Na weil ich das …
… schon immer mit dir machen wollte …
Hah …
… Kyo-suke …

Ts!
RASCHEL
RASCHEL
Hah ...
DRÄNG
Ich geh ...
... es langsam an.
DRÄNG
Uh ...

Uh ...
So groß ...!
KRAMPF
STOB
Mh ...
Ent-spann dich ...
STOB
STOB
KISS
KISS
SCHLECK
KISS
PRESS
PRESS
Ah ...!
Uh ...!
TSCHUPP
Ich bin kom-plett drin ...

Hah ...
Hah ...
Ich werd mich jetzt bewegen ...

Ich wollte dich schon immer anfassen.
Dich schon immer auf solche Weise küssen ...

Ich verspürte unglaubliches ...
... Glück.
Also dann ...
Ich meld mich bald wieder bei dir.
Ja ...

Ach ja ...
Shina ...

Ich hab gehört, dass das Café, das letztes Jahr eröffnet hat und an dessen Design du gearbeitet hast ...
... jetzt richtig floriert.
Sie meinen ...
... das SSAW, richtig?!
Neulich hat das Model Mayu es auf ihrem sozialen Netzwerk vorgestellt!
Ja, aber warum bist gerade du so stolz, Yamada?!
Instagram
Das Design mag von Herrn Shina stammen, aber ich war auch beteiligt!
Die mit den Jahreszeiten wechselnde Deko wird auf den sozialen Netzwerken publiziert und erfreut sich größter Beliebtheit.
Ganz wie es Shina angestrebt hat.
Ah!
Er ist da!
Wenn ich es mir recht überlege, sollte ich auch mal wieder nach dem Rechten schauen ...

Bitte sehr!
Danke.
14:15
Kasumi Amemiya
Heute
Hast du Samstag Zeit?
TAPP
PLING
Ich muss auf Toilette. Geht beide schon mal vor.
Okay!
Yo!
Kyosuke!
Ich hörte ...
... du nimmst am Präsentationswettbewerb teil?
Herr Kawai?

Mein Team war auch mal im Gespräch dafür.
Da Herr Shimizu sich das aber unbedingt unter den Nagel reißen wollte ...
... muss ich jetzt an 'nem kleineren Projekt arbeiten.
Da alle Erfahrenen für dich beiseite gestoßen wurden ...
... wirst du als so vielversprechender, unerfahrener Nachwuchs-Director ...
... doch sicher Ergebnisse abliefern, oder?

SMILE
Ist doch selbstverständlich.
Den gewinn ich definitiv.
SCHLUCK
Herr Kawai, mehr als das ...
... sollten Sie lieber aufpassen, dass bei all der Zeit, die Sie mit Sorge um andere verbringen ...
... Ihre eigene Präsentation nicht darunter leidet.
Hiiie!
Herr Shina, lassen Sie mich nicht allein zurück!
Ich hab Angst!
Ah! Sorry! Schon gut!
Ts!

Herr Kawai sieht Sie als extremen Rivalen an, Herr Shina.
Was soll'n das, mich so zu provozieren?
Der soll sich mal lieber auf seine Kunden und die Arbeit vor seiner Nase konzentrieren!
Ja ...
Da haben Sie recht.
Mir fehlen echt die Worte.
Aber war das wirklich okay ...
... so was zu ihm zu sagen?
Es geht um 'nen extrem großen Job.
Wenn Sie ihn doch nicht gewinnen können ...
Ich schnapp ihn mir definitiv!
Wenn ich am richtigen Ort ...
... meine Energie in das Richtige investiere ...
So muss ich denken, oder ich brauch's nicht erst zu versuchen.
Ah ...
Ach so ...
... werden Ergebnisse auf natürliche Weise folgen!
BWWW
BWWW

Kasumi Amemiya
Hast du Samstag Zeit?
Ja, hab ich!
Was erwartet mich wohl ...
... nachdem ich mich für den falschen Weg entschieden hab?
PRASSEL

KLACKER
KLACKER
Herzlich willkommen!
Sie sind zu zweit?
Ja ...
Bitte hier entlang ...
Wir haben Glück, dass es dank des Regens nicht so voll ist.
Das ist ein echt trendiger Laden!

Ich hab das entworfen.
Hä?!
Das Logo des Ladens, das Menü und all solche Dinge ...
Hä?! Was?!
Alles ist bis ins kleinste Detail ausgearbeitet.
Wow ...
Wahnsinn!
So was machst du also auch?
Mein Team arbeitet zwar viel an Werbemedien ...
Wie Werbung im Nahverkehr und Flyern.
... aber da es absolut nicht in den Zeitplan der anderen Teams passte, haben wir das übernommen.
Sorry, dass Sie warten mussten. Hier ist Ihr frischgepresster Kiwisaft.
Es hat aber echt Spaß gemacht, dran zu arbeiten.
Ich war auch ein bisschen am Innendesign beteiligt.
Oh ...
Mit Innendesign beschäftigst du dich also auch?
Na ja, nur ein bisschen.

Oh! Lecker!
SIP
Eine schöne Farbe.
Das ist Kiwisaft, richtig?
Willst du 'nen Schluck?
Stimmt!
Absolut lecker und angenehm zu trinken.
Und du hast einen Käsekuchen mit Wollmispel?
Und einen Eiskaffee?
Ja!
Egal ob Wollmispel oder Kiwi, sie haben hier ein ungewöhnliches Menü.
Nun, es ist gerade Saison für Früchte wie Kiwis und Wollmispeln.
Ach so!
Lecker!
Das Konzept des Cafés ist es, Essen und Getränke anzubieten, die aus saisonalen Zutaten hergestellt werden.
Deswegen heißt der Laden auch SSAW.
Spring, Summer, Autumn, Winter?
SSAW

Daher schlug ich vor, das Innendesign nicht einheitlich zu machen ...
... sondern beim Arrangement den Jahreszeiten entsprechend ein wenig hinzuzufügen und abzuwechseln.
Deswegen ist er mit Bambusblättern dekoriert.
Tanabata ist nah.
Diese Illustrationen sind echt bezaubernd.
Wie hier im Menü.
Sind die auch von dir, Kyosuke?
Ah!
Die sind vom Besitzer.
Der Ladenbesitzer zeichnet hobbymäßig ...
Und das hat auch das Budget senken können.
Ich hab ihn sich maximal ausleben lassen.
Hä ...?
So was gibt's also auch, was?
Ich liebe deine Werke ...
... Kyosuke.
Ich hielt ...
... deine Fähigkeit, Themen zum Ausdruck zu bringen, schon immer für toll.
Egal ob starke oder sanfte Themen ...
... die Stimmung deiner Bilder wandelt sich komplett.

Ich werde jedes Mal mit einem Ruck ...
... in deine Welt gesogen, Kyosuke.
Egal wie sehr ich auf die Bremse drücke ...
GATAMM
Der Regen hat aufgehört.
Wollen wir langsam aufbrechen?
Ah!
Sie sind gekommen, Herr Shina.
Oh, der Ladenbesitzer!

Wir sind gerade extrem erfolgreich.
An sonnigen Tagen ist es hier noch viel voller.
Und das haben wir Ihnen zu verdanken, Herr Shina!
Nein, nein, das liegt an der hohen Qualität des Cafés selbst.
Ha ha ha!
Nun, daran natürlich auch!
Ach ja!
Ich hab die Bilder für das Herbst-Menü gezeichnet ...
... können Sie sich die kurz anschauen?
Aber Sie sind mit einem Freund hier ...
Ach, nur zu! Machen Sie sich um mich keine Gedanken.
Ich warte einfach.
Entschuldigen Sie. Nehmen Sie bitte einfach irgendwo Platz, wo frei ist.
Sorry, Kasumi.
FLÜSTER
Schon gut! Lass dir Zeit!
Ach ja, Kyosuke ...
... ich trag deine Sachen für dich ...
... die sind doch nur im Weg!

Vielen Dank, Herr Shina.
Ich schicke es Ihnen per Post, sobald es fertig ist. Bitte schauen Sie es sich dann an!
Mach ich. Entschuldigen Sie mich jetzt.
Puh ...
Das hat etwas gedauert.
Der Besitzer ist ja echt ein guter Mensch, aber er kriegt den Mund nicht zu ...
Ah!
Kyosuke!

Bist du schon fertig?
Ja! Sorry, dass du warten musstest.
Schon gut! Es war spannend, mir die Kärtchen anzugucken.
Das sind die Wünsche der Gäste.
Schau, da drüben ist ein Platz zum Schreiben.
Ja, hab ich gesehen.
Wie nostalgisch ... Erinnerst du dich noch?
Es war ungefähr die gleiche Jahreszeit, als wir uns anfreundeten.
Zu jener Zeit ...
... war die Regensaison schon vorbei und es war heiß.

Ja ...
Was wünscht Kasumi sich wohl ...
... momentan zu Tanabata?
Kyosuke ...
... wollen wir etwas im Park spazieren gehen?

RASCHEL
RASCHEL
Hier tummeln sich lauter Pärchen.
Wie nicht anders vom Hotspot für Verliebte zu erwarten.
Von hier an werde ich ...
... auch wenn ich mit Kasumi zusammen bin ...
... weder mit ihm spazieren, ohne die Blicke anderer zu fürchten ...
... noch meine Liebe offen bekunden können.
Sag ...
... Kyosuke ...
Wir sind nämlich weit entfernt ...
... vom üblichen Weg.
... was erwecken wir wohl für einen Anschein?

Gar keinen, oder?
Wir sind einfach nur zwei Kerle, die unterwegs sind.
Von Kasumis Weg zum Glück ...
Kyosuke ...

... wollen wir nicht aufhören, uns zu sehen?
Es ist eine Lüge, dass du mich liebst, nicht wahr?
Ich tat dir nur etwas leid ...
... und du hast mir Mitleid geschenkt.

In Wirklichkeit hab ich nur so getan, als würd ich's nicht merken ...
... und deine Freundlichkeit ausgenutzt.
Ich dachte mir, vielleicht kann ich dich so an meiner Seite behalten.
Du warst schon immer ...
... mein Held, Kyosuke.
Ich möchte keinen so leidenden Gesichtsausdruck an dir sehen ...
Nein!
Ich habe mich in dich ...

...!
RAUSCH
Keine Antwort ...
... ist auch eine Antwort, was?
DREH
Sorry, dass ich dir so viele Sorgen bereitet hab.
Mir geht's jetzt wieder gut.

Wir sollten uns um unser beider willen ...
... nicht mehr sehen.
Danke für alles.
SST
Leb wohl ...
Mein Körper war an jenem Tag wie erstarrt ...
... obwohl ich dachte, dass ich mit Kasumi zusammen sein will ...
... auch wenn uns das nur Unglück bescheren sollte ...

... weil ich ein Feigling war!
Es war mir einfach unmöglich ...
... einen Weg zu wählen ...
... der Kasumi ins Unglück stürzen würde.

There
Are Things
I Can't
Tell You

There
Are Things
I Can't
Tell You

Alles ist gut.
KLACK
Ich gebe mir am richtigen Ort ...
... die richtige Mühe.
Es wird definitiv alles gutgehen.

05

Shimizu
Konferenzraum C
Shina
WISCH
KRIEE
Gute Arbeit, alle zusammen.
Ich bin wieder zurück.
ガチャッ
KATSCHAK
Herr Shina! Gute Arbeit!
Gute Arbeit, Shina.
Wie lief's?
POCH ドキ
ドキ POCH
Ich denke, sehr gut.
ZUPP
Die Reaktionen der anderen fielen positiv aus ...
... daher bin ich zuversichtlich.

Danke dir, Yamada ...
... dass du jeden Tag noch bis spät abends gearbeitet hast.
Irgendwie beängstigend, von ihm ganz normal gelobt zu werden ...
Aber ich hab mich auch echt ins Zeug gelegt!
Jetzt bleibt nur noch, das Ergebnis abzuwarten.
Nächste Woche sollte es etwa kommen, nicht?
ZURR
Ja!
Du bist sicher müde, nicht?
Mach heute nur noch den Papierkram fertig und geh nach Hause.
Um die Präsentation der Produkte für Firma D kannst du dich ab morgen ...
Nein, lassen Sie uns heute damit anfangen.
Es wird leichter, wenn wir uns morgen gleich als erstes an die Produktion setzen können.
KLAPPER
Herr Shina!

Sie haben die ganze Nacht an den Vorbereitungen für die Präsentation gearbeitet ...
... daher sollten Sie zumindest heute lieber früher nach Hause ...
Wenn Sie beide sich in der Verfassung fühlen, daran zu arbeiten, möchte ich's gerne tun.
Ich möchte aber dran arbeiten.
Oder geht das nicht?
Na, dann machen wir's halt!
Shina ist schließlich niemand, dessen Qualität durch so was leidet ...
REIB
Häää?!
Mein Schalter für Hirnnutzung ist heute aus ...!
Damit es keinen freien Moment gibt ...

... muss ich mein Herz mit anderen Gedanken ablenken ...
... an- sonsten ...

Kyosuke ...
SCHRECK
Hah ...
Hah ...
KNARR

Seit Ka-
sumi und
ich uns
getrennt
haben ...
... ist be-
reits ein
Monat ver-
gangen.
KRIEE
ZIRP
Aha ha
ha ...
ZIRP
ZIRP
Warum
bist du vol-
ler Gras?
...

Das ...
... ist doch der Job des Garten-komitees.
Du bist doch ein Mitglied des Bibliothek-komitees ...
ZIRP
...
REIB
Wer von deiner Klasse ist im Garten-komitee, Kasumi?
Ich geh mich be-schweren ...
TAPP
Nicht nötig!

Schon gut!
Es macht mir nichts aus ...!
Niemand hat Bock das zu tun ...
... mitten in dieser Hitze, voll mit Gras ...
Wär doch viel besser, das deutlich so zu sagen.
Aber niemand ...
... hat Bock auf mich, wenn ich sage, ich hab keine Lust.
Lehne ich ab ...
... gucken sie mich nur ange-pisst an.
Bevor sie mich wegen so was aus-stoßen ...
... mach ich es defi-nitiv lieber selbst.

Du sagst zwar ausstoßen ...
... aber du meinst verletzen, nicht wahr?
Du widersprichst nicht, weil du nicht verletzt werden möchtest.
Solche Gefühle sind mir fremd.
Aber ...
SST
Hast du gestern ...
... zu Hause geweint?
Hab ich nicht!
Ach ja ...?
Sicher hat er geweint ...
Wenn was passiert ist ...
... dann spuck's aus!

Ich dachte mir stets ...
... dass es schön wäre, wenn Kasumis Einsamkeit durch meine Anwesenheit an seiner Seite ...
Ich hör dir immer zu.
Ja ...
... danke!
... gemildert werden würde.

Ich weiß ...
Kyosuke Shina
... dass Kasumi, der leichter zu verletzen ist als andere ...
... schnell einsam wird.
Genau deswegen ...
... möchte ich, dass er an einem angemessenen Ort ...
... mit einer angemessenen Person ...

... glücklich wird.
Das ist nicht Yuriko.
Yuriko hat kurzes Haar ...
... und ist älter als Kasumi.

Das ist ...
... 'ne andere Frau.
Und dann ...
Echt ...?
LÄRM
LÄRM
Dann ...!
Und ...
DOMM
Hey!
Bleib nicht einfach stehen und starr Löcher in die Luft!
Sorry ...
Ent-schul-dige!
Hast du einen Moment Zeit?

Ich arbeite als Friseurin in dem Salon gleich da drüben.
Hättest du Interesse daran, ein Frisur-Modell zu werden?
Nein, ich hab bereits einen Stammsalon ...
Sorry ...
Ah!
Ist das so? Alles klar!
Ach so ...
Das war nichts Derartiges ...
Ich möchte, dass er glücklich wird, oder etwa nicht?

Ich hab den Mund ganz schön voll genommen ...
... dafür, dass ich überhaupt nicht darauf vorbereitet bin.
Als ich Kasumi eben mit dieser Frau sah ...
Dieses Mal wird er glücklich werden können.
... dachte ich mir, ein Glück!
Eine ganz normale Frau.
So ist es richtig.
Aber das sind alles nur Worte der Verleugnung.
Innerlich ...
... hab ich mit schriller Stimme gebrüllt ...
»Ich will das nicht!«

Kasumi ...
Das ist ...
... echt egoistisch ...
... ich liebe dich.
Ich liebe dich!
In Wirklichkeit will ich dich niemand anderem überlassen.
In Wirklichkeit will ich, dass du für immer an meiner Seite bleibst.

DRRRING
Ja, hier ist Shina.
Was das Ergebnis für den Präsentationswettbewerb im Kosmetikmagazin angeht ...
... so ist das Schreiben heute angekommen ...
Ja ... Ja ...
Ich komme sofort.
... und es ist wirklich schade ...
... aber Sie wurden abgelehnt.
»Ist doch selbstverständlich.«
SMILE
»Den gewinn ich definitiv.«

PRESS
Es tut mir leid ...
... dass ich's nicht geschafft hab.
Wie dem auch sei.
Die Tatsache, dass ich nicht gewonnen hab, sagt am Ende alles.
Nein!
Ich finde, Ihr Vorschlag war großartig, Herr Shina.
Der Kunde reagierte auch sehr positiv darauf.
Herr Shina ...
... bitte lassen Sie den Kopf nicht hängen.
Ha ha!
Mach ich nicht!
Es gibt da schließlich noch Dinge wie den Geschmack und das Budget des Kunden.
Ich hab mir größte Mühe gegeben.
Wenn ich dennoch nicht gewinnen konnte, ist da nichts zu machen.
Ich hab keine Zeit, deswegen den Kopf hängen ...
Herr Shina!

Es tut mir leid!
Der Präsentationswettbewerb ...
... war schon im Voraus entschieden.
Was ...?
Ich hab vom Vertrieb einer anderen Wettbewerbsfirma davon gehört.
In der Firma X, die die Präsentation gewonnen hat, arbeitet wohl der Neffe des Firmenchefs des Kunden.
Es sollte nur wie ein Wettbewerb aussehen.
Ich hätte Sie das lieber gleich wissen lassen sollen ...
Es tut mir leid.
Von vornherein klar ...?

KLACK
KLACK
KLACK
Sobald ich zurück bin, muss ich das Produktionsteam versammeln ...
... und ihnen vom Ergebnis berichten ...
Herr Kawai ...
... dass Sie die Präsentation gewonnen haben, ist 'ne große Sache!
Wer hätte gedacht, dass ein kleines Unternehmen und ein gerade ins Rollen kommendes Gemeinschaftsunternehmen ...
... mit diesem Timing fusionieren würden?
Ein Glück, dass Sie bereits einen guten Draht dorthin haben.
Die Wahrscheinlichkeit ist groß, dass die Aufträge jetzt geradezu reingeflossen kommen.
Wir müssen uns darauf vorbereiten.

Das haben Sie echt toll gemacht!
Vielen Dank ...
GRINS
Egal was er und ich machen, was wir hervorbringen ...
Dabei dachte ich mir noch, es ist ein Riesenauftrag, eine große Chance ...
... und dass ich definitiv einen Erfolg draus machen würde ...
... das Ergebnis bleibt immer das Gleiche.
...na...
SCHRECK
Shina!

Du hast die neuen Daten aus dem Magazin ...
... noch nicht auf den Server geladen, oder?
Ah ...!
Tut mir leid.
Mache ich sofort!
Das ist ein Fehler, der dir sonst nicht unterläuft ...
... deswegen will ich da jetzt kein großes Drama draus machen ...
... aber wenn durch so was Probleme entstehen, ist das echt Mist.
Pass besser auf.
Tut mir leid ...
Herr Shina ...
... ein Anruf von intern!
DRRING
DRRING
Ja ...

Ja?
Herr Shina? Hier ist Suzuki aus dem Vertrieb.
Es stand für 14 Uhr ein Meeting an.
Ist etwas vorgefallen?
Ah ...
Entschuldigen Sie. Ich komme sofort!
RASCHEL
RASCHEL
Ich gehe zum Konferenzraum Nummer zwei!
Herr Shina hat ein Meeting vergessen ...?
Wann wird die nächste Chance kommen?
Und handelt es sich dabei wirklich um eine Chance?

Geschäftsvorschlag
Was, wenn es wieder so läuft wie dieses Mal?
Aber wenn dem so ist, was soll ich dann bitte wählen?
Was soll ich wählen, um beim Richtigen an- zukommen?
Was ist »richtig« und was ist »falsch«?

Lass uns eine Pause machen.
Shina ...
... kannst du dir hiernach etwas Zeit nehmen?
In den letzten Tagen machst du kontinuierlich Fehler, die dir gar nicht ähnlich sehen.
Hast du es dir so zu Herzen genommen, dass du die Präsentation nicht gewinnen konntest?

Sorry ...
Nein ...
Ich war selbst überzeugt, diese Präsentation ...
... würde einen Wendepunkt für dich darstellen und hab sie dir daher anvertraut.
Nein, das ist nicht Ihre Schuld, Herr Shimizu!
Entschuldigen Sie sich bitte nicht!
Aber du machst so ein Gesicht ...
Ein Gesicht ...
... wie als du noch für Onizuka gearbeitet hast, bevor ich dich da weggeholt hab.
Was ...?
Mach ich so ein grausiges Gesicht ...?
Aha ha ha!
Dachtest du etwa, es wäre besser als damals?
Das ist ja furchtbar ...

GROLL
Damals war der Stress echt höllisch ...
Er war immerhin ein Director, der eingebildet war, obwohl er nichts draufhatte, alle Erfolge seiner Untergebenen als seine eigenen ausgegeben hat und Studienabsolventen alle Arbeit aufgehalst hat, damit er nach Hause gehen konnte.
Dieser Scheißglatzkopf ...!
Onizuka wollte absolut nicht zulassen, dass du das Team wechselst, weil du so fähig bist ...
Er hegt immer noch 'nen ziemlichen Groll gegen ihn, was ...?
GROLL
Kyosukes ehemaliger Chef, Onizuka
Onizuka
Der Scheißglatzkopf
Ich denke, ich bin jetzt so, wie ich bin ...
... weil Sie mich damals da weggeholt haben.
Ich bin Ihnen dankbar, Herr Shimizu.
Nun, in jenem Team gab es sonst niemanden ...
... der so schlecht behandelt wurde wie du.
Obwohl alle, die unter Onizuka gearbeitet haben, egal ob frischer Studienabsolvent oder alter Hase, aufgaben ...
... warst du nicht kleinzukriegen.
Du hast immer deine volle Energie reingesteckt, um tolle Dinge zu kreieren.

Du bist faszinierend, Shina.
Das haben damals alle aus den anderen Teams einstimmig gesagt!
Gerade deswegen kommt es so überraschend ...
... dass du dieses Mal so niedergeschlagen bist.
...
Als ich unter Onizuka arbeitete ...
... hielt ich es für das Richtige, mich diesem Tyrannen nicht geschlagen zu geben.
Ich dachte mir, dass der mich niemals kleinkriegen wird.
Letztendlich holten Sie mich da weg, Herr Shimizu ...
... und es wendete sich alles zum Guten.
In diesem Fall war aber die Anstrengung für die Präsentation selbst der Fehler.

Was soll ich in Zukunft noch glauben und wählen?
Was soll ich mit dem Ort machen, in den ich mein Herz reingesteckt hab, wenn sich herausstellt, dass der von mir gewählte Weg falsch war?
Ich weiß es nicht ...
Hm ...
Was verstehst du eigentlich unter richtig?
Der kürzeste Weg zu dem Ort, den ich erreichen will ...
... ist wohl das Richtige.
Alles andere ist falsch?
Ich denke, zumindest nicht ideal.
Dann war die Tatsache, dass du gleich nach Firmeneinstieg ...
... unter Onizuka arbeiten musstest, ein prädestinierter Weg?
Keinesfalls!
Klipp und klar.
Ich dachte, unter einem kompetenten Director ...
... würde ich wachsen, während ich mir seine Techniken aneigne.

Dann war es also ein Fehler?
Nein, dank seiner Inkompetenz ...
... konnte ich mich persönlich mit Kollegen von Großagenturen austauschen ...
... und arbeitstechnisch praktisch selbst in die Rolle eines Directors schlüpfen ...
Rein vom Ergebnis her, denke ich also schon, dass ich daran wachsen konnte.
Ja ...
Weißt du, im Leben ist es so, dass selbst wenn man mal 'nen Fehler macht ...
... man nicht direkt in einer Sackgasse landet.
Von dort aus ...
... wird sich ein neuer Weg eröffnen.

Möglicherweise wirst du von hier an ...
... an noch viel größeren Herausforderungen scheitern.
Aber ...
... dennoch solltest du dich da mit aller Kraft durchkämpfen und voranschreiten.
Irgendwann öffnet sich dir sicher ein Weg!
Und vielleicht wird der Ort, den du dann erreichst ...
... ein viel schönerer sein, als du jemals erwartet hast.

Die Vorbereitungen für die Präsentation ...
... waren eine tolle Erfahrung, nicht?
Ja ...
Es war hart ...
ANSPANN
... aber es hat Spaß gemacht ...
GRINS
Genau! So ist es richtig! Hab auch beim nächsten Mal Spaß!
Du bist der Typ, der auch dann Spaß hat, wenn's hart wird, Shina!
PAMM
PAMM
PAMM
So schön ist die Jugend, was?
Benehmen Sie sich nicht etwas daneben, Herr Shimizu?
Denk nicht zu viel darüber nach ...
... was richtig und was falsch ist.

Du soll-
test ehrlich
und mehr aus
dem Herzen he-
raus leben!

»Aus dem Herzen heraus ...«
DRÜCK
Ich meine ...
... diese Tasche das letzte Mal benutzt zu haben, als ...
Nanu? Das Innenfach wirkt seltsam ausgestopft.
Ist da was drin ...?

POCH
POCH
BABUUMM
An Kyosuke

There
Are Things
I Can't
Tell You

There
Are Things
I Can't
Tell You

»Kasumi, was du empfindest, ist keine Liebe.«
»Du verwechselst da was.«
KRIEE
Danach ...
... wünschte ich mir, dass Kasumi jemand anderen als mich findet ...
... und fragte mich, ob es auch für mich jemanden gibt.

Kasumi ...
Was machst du gerade?
Du weinst doch nicht wieder einsam?
Kyosuke!
Ich ...
... hab mich in dich verliebt.
Wollen wir nicht ein Paar werden?

Es gibt da jemanden, den ich nicht vergessen kann ...
... daher sorry ...
Ich wünsche mir lediglich ...
... dass zumindest du irgendwie ein glückliches Leben bestreiten kannst ...
... in einer Welt, in der es mich nicht gibt.

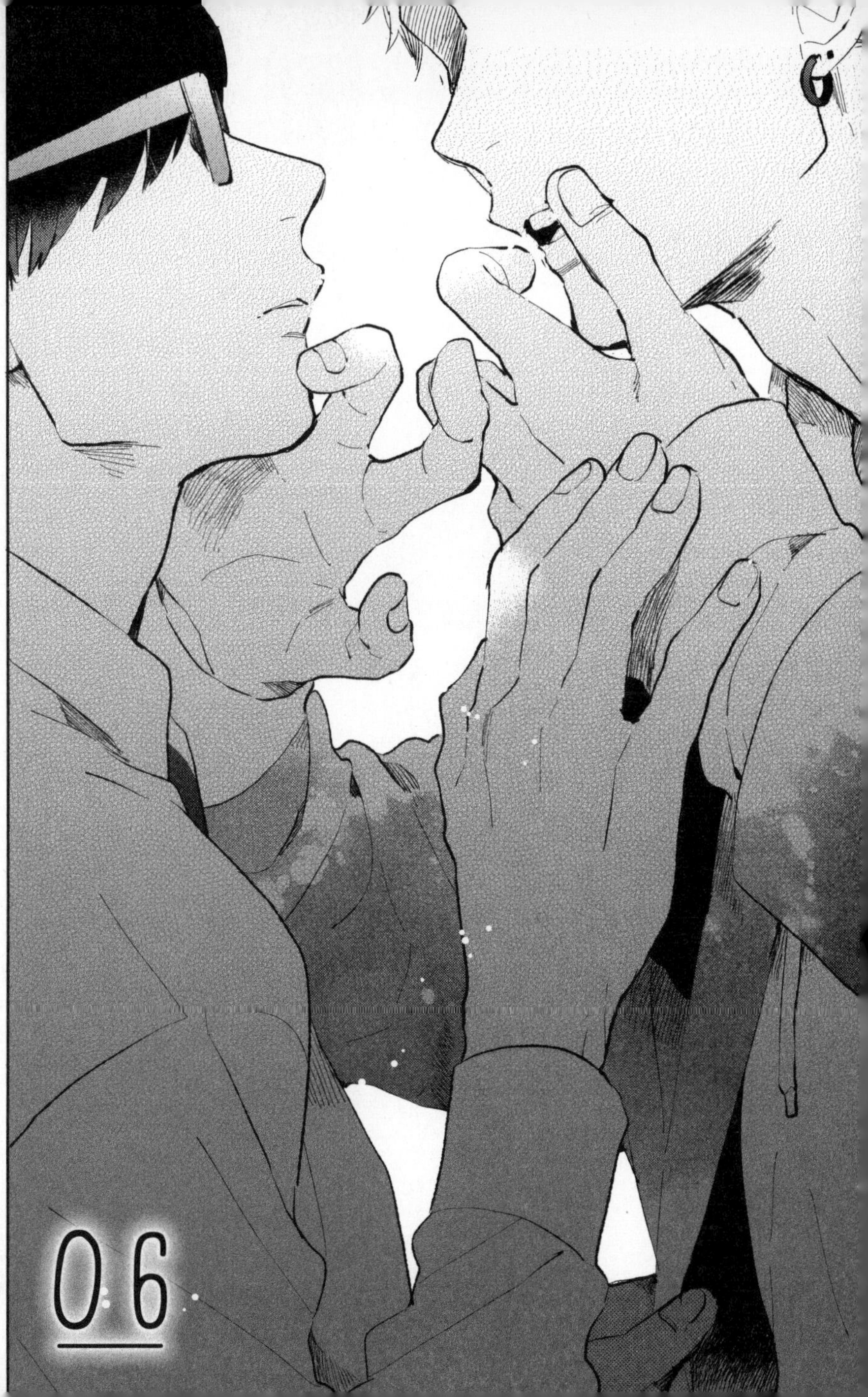
06

Sorry, dass ich dir am Ende noch einen Brief voller Reue schreibe.
Ich möchte nicht wieder von dir verleugnet werden, erlaub mir also in diesem Brief niederzuschreiben, was ich dir mitzuteilen hab.
Lieber Kyosuke ...
KNISTER
Ich danke dir für alles, was du bis jetzt für mich getan hast.
Ich bin überzeugt, nur weil du mich damals in der Grundschule angesprochen hast ...
... bin ich jetzt noch hier und am Leben ...

So sehr hast du mich mit deiner Anwesenheit immer wieder gerettet, Kyosuke.
Ich war glücklich, wann immer wir zusammen waren.
Jetzt sind sie wieder geschmeidig und trocken.
Ah!
Oha!
Ich hatte das Gefühl, dass auch die Dinge, die ich an mir hasste ...
... mir verziehen werden würden, jedes Mal wenn du sie mit einem strahlenden Lächeln verscheucht hast.
DRÜCK
Als wir an der Uni waren, hab ich was gesagt, dass unsere Beziehung wohl zerstört hat ...
... und es tut mir ehrlich leid ...
... aber eines möchte ich dir sagen ...
Ich hab bei meinen Gefühlen für dich nichts verwechselt.

Ich habe dich schon sehr lange geliebt.
Ich habe dich wie verrückt geliebt.
Deswegen war der Moment, als du mir sag-test, du liebst mich auch ...
... und mit mir schliefst, auch wenn es nur aus Mit-leid war ...
... der glück-lichste ...
... in meinem Leben.

... und dir keine Umstände mehr bereiten, Kyosuke.
Ich werde mit diesen Erinnerungen allein weiterleben ...
An Kyosuke
Ich möchte dich nicht länger an mich binden ...
... mach dir also keine Sorgen mehr.
Zum Schluss, auch wenn ich mich wiederhole, möchte ich dir nochmals für alles danken.
Ich
länger an
mach dir also keine Sor
hte ich dir nochmals für alles
danken. Leb wohl.
Kasumi Amemiya

GRAB
Scheiße ...!
... Warum ...?!
BAMM
»Das sind die Wünsche der Gäste.«
»Schau, da drüben ist ein Platz zum Schreiben.«

PATAMM
Ich bin ...
... so ein Idiot!

An jenem Tag hast du die Sachen, die mir zerstört wurden …
… ohne dass ich es merkte, wiederaufgebaut.
Hah …
Die Gefühle, die ich aus Vernunft und einem Sinn für das Richtige unterdrückt hab …
Hah …
… waren dabei in Wirklichkeit so simpel.
DRÜCK

KLACK
KLACK
ZÖGER
Puh ...
DING
DONG
ピンポーン
STILLE

Er ist immer noch nicht zu Hause ...?
Es ist 21 Uhr ...
Was ist los ...?
Ich hab irgendwie eine schlechte Vorahnung ...
POCH
POCH
umi Amemiya
Wird angerufen ...
Die von Ihnen gewählte Nummer ...
... ist zurzeit nicht vergeben ...

SCHRECK
Ist Kasumi vielleicht ...
... gar nicht mehr hier ...?
Hah ...
Hah ...
KRAMPF
KLACK
KLACK
KLACK

Kasumi ...!
Hah ...
Hah ...
n Kyosuke
Was willst du jetzt plötzlich hier?
ZACK
Ich möchte mich ...
... richtig mit dir unterhalten ...

Es gibt nichts mehr zu besprechen.
Du hast den Brief gelesen, oder?
Damit ist alles geklärt.
Lauf nicht weg, Kasumi!
Lass uns red...
KATSCHAK
Könnt ihr bitte leise sein?

ZERR
KRIEE
PATAMM
Geh bitte nach Hause. Das belästigt meine Nachbarn.
Das will ich nicht.
KRIEE
Dann komm rein ...
Es ist allerdings unordentlich ...
Hah ...
PATAMM

Was soll'n das hier?
Du hast vor umzuziehen?!
Genau!
Davon weiß ich nichts ...
Weil's dich nichts angeht, Kyosuke!
Was soll das jetzt plötzlich ...?!
Ich hab doch geschrieben, dass ich dich nicht mehr wiedersehen werde ...!
Damit ist es für mich zu Ende ...

Ich liebe dich!

Ich hab dich schon immer geliebt.
Seit unserer Kindheit.
Ich hab dich niemals vergessen ...!
KNIRSCH
Dass du mich liebst, ist eine Lüge.
DRÜCK
Was du empfindest, ist Mitleid, Kyosuke.

Das ist kein Mitleid! Ich liebe dich wirklich!
Ich hab's schon immer!
Das will ich nicht hören, verdammt!
Genau diese Dinge ...
... dass du Menschen, die sich in einer schwachen Position befinden, nicht einfach stehen lassen kannst ...
... hab ich an dir geliebt ...
... bewundert!

Warum?

Aber ...
Ich bitte dich ...
Warum glaubt er mir nicht?
... jetzt tut es einfach nur ...
... weh!
... bring mich nicht dazu ...
... noch mehr leiden zu müssen!
Kasumi, ich bitte dich ...
... hör mich an!
Verleugne mich nicht!

»Kasumi, was du empfindest, ist keine Liebe. Du verwechselst da was.«
Verstehe ...
Kazumi, so sehr ...

Kyosuke ...?
Sorry, Kasumi ... Sorry ...
... hast du also gelitten?
Mir mangel-te ...
... es nur immer an Selbstver-trauen ...

Ich ...
... stand schon auf Männer ...
... bevor ich dich kennenlernte ...
Aber ich ...
... hielt das für falsch ...
Als du mir sagtest, dass du mich liebst ...
... hab ich mich in Wirklichkeit gefreut ...
... aber ich befürchtete ...
... dass ich dich durch meine Liebe ...
... und unser Zusammensein ...
... zusätzlich mit runtergezogen habe, Kasumi ...

Des-wegen …
… musste ich dich auf den richtigen Weg zurückbringen.
Ich war fest entschlossen, dass du mit einem anderen Partner als mir …
… glücklich werden solltest.
Aber als ich deinen Brief las …
… begriff ich, dass du …
… wenn du mit mir zusammen bist, genauso großes Glück empfindest wie ich mit dir …
… und das hat mich unglaublich gefreut!

Ich bin nicht der starke Mann ...
... für den du mich hältst, Kasumi.
ZUPP
Ich bin schwach, ein Feigling ...
... und hab kein Selbstvertrauen ...
Ich bin ein Mann ...
... der vor deinen unverfälschten Gefühlen geflohen ist.
Uh ... Hätte ich ...
... nur mehr Selbstvertrauen, wäre ich stärker ...
BALL
... hätte ich dich weder verletzt ...
... dich einsam fühlen ...
... noch dich in irgendwelche Affären reinrennen lassen ...!

Ent-
schuldige,
Kasumi
...!
Es tut
mir so
leid ...
Ver-
zeih mir
...!
SST

Ich sollte glücklich werden? Bring mich nicht zum Lachen!
Alles Glück in meinem Leben hast du mir geschenkt, Kyosuke.
Deswegen reicht's jetzt.
KNISTER
Was ist mit dir?
Worin siehst du dein Glück, Kyosuke?

Ich wünsche mir, dass Kyosuke bis in alle Ewigkeit glücklich sein kann.
Lass es mich bitte hören ...
Wenn ich diese Entscheidung fälle, werden wir womöglich nicht glücklich ...
... aber ...
... solange wir zusammen sein können ...
... empfinde ich, selbst wenn das ein Fehler sein sollte ...

Darin, mit dir zusammen zu sein, Kasumi ...
... keine Reue mehr.

DRÄNG
Ah!
GLITSCH
KISS
Nhah ...!
SLRP
SCHAUDER
SCHAUDER
Nicht ...
... dort ...!
KNARZ

Mh, Kasumi ...
Du bist so süß ...
KISS
Hah ...
STREICH
...!
Sag ...
... wie möchtest du, dass ich dich zum Kommen bringe?
W... Was meinst du mit wie ...?
Wenn du's mir nicht genau beschreibst ...
... kann ich es nicht wissen, oder? Los ...
SCHAUDER

I...
Ich möchte ...
... dass du ihn leckst ...
... ihn saugst ...
Hah ...
... mich in Wallung bringst ...
... und ganz hart kommen lässt ...!
Von mir aus ...
SLRP
STOSS
Aah!
Mhm!
SLRP
I...!
GLITSCH
KRALL

STREIF
STREIF
Du machst ein Gum-mi drauf ...?
RASCHEL
Klar ...
... ich möchte schließ-lich in dich rein, Ka-sumi ...
STREIF
Kyo...

Zieh dich auch aus ...
... Kyo-suke.
Ich ...
... möchte dich ebenfalls nackt umarmen ...
STOB
Mhh ...!
GLITSCH
Aah ...!

STOSS
Ah ...
Mha ...!
PAMM
Ah!
Hah ...
Nicht dort ...
Hah ...
Stoß da ...
... nicht so rein ...!
Hah ...
TSCHUPP
Aah!
TSCHUPP
Mh ...!

PAMM
Also echt ...
Das ist auch deine Schuld, Kasumi ...!
PAMM
ZUCK
Ah!
Nein! Zu tief ...!
ZITTER
ZITTER
Uh ...! Uh ...
Zu heftig ...!
Hah!
Hah ...!
GLITSCH
Kasu-mi ...
... dreh dich zu mir ...

TSCHUPP
Mh ...!
Uh ...
KISS
SLRP
GLITSCH
PAMM
Aah!
Mh ...! Kyosuke ...!
PAMM
TSCHUPP
GLITSCH
Ich kann nicht mehr!
Ich kom...!
TSCHUPP
GLITSCH
Hah ...!
Hah ...!
Mh ... Ich auch ...
Lass uns zusammen ...

Hah ...!
Hah ...!
Kasumi ...
... ich liebe dich.
DRÜCK
Ich liebe dich ...
Hah ...
Hah ...
Ich liebe dich ...
Ich liebe dich ...
... Kasumi ...

SCHLUCHZ
Mann ...
Wie oft willst du das noch sagen ...?
Egal wie oft ich es sage ...
... es wird nie genug sein ...
KISS
Sag ...
... glaubst du mir jetzt ...?
Ja ...

Ich liebe dich auch ...

D. Kyosuke Shina
Japan Design
DESIGN HUB

ENDE

There
Are Things
I Can't
Tell You

Was bedeutet es, glücklich zu sein?
»Kasumi!«
BONUS
»Kasumi!«
Kasumi …

...
SLRP
KISS
Mh ...!
Uh ...
KISS
KISS
Mh ...!
LECK
Hah ...
Hah ...
Kyo-
suke ...

Mh ... Morgen ...
... Kasumi.
Ich wärm dir die Suppe auf.
Wow!
Sieht das lecker aus!
Ist dir kalt? Soll ich die Klimaanlage höher schalten?
ZITTER
Nein, schon gut.
Was zu essen, wird mich aufwärmen ...
↑ Ist eine Frostbeule
Darüber hinaus ...
... tut es mir leid, dass ich später aufgewacht bin als du ...
... der an seinem freien Tag arbeiten musste ...
Hat Samstag frei.
Muss auch samstags ran, weil auf der Arbeit momentan höllisch viel los ist.
Ist doch immer so?
Was soll das jetzt plötzlich?
Heute ist Sonntag.
Mach dir deswegen keinen Kopf.

Ich mach das alles gerne.
Aber dei-ne Hände sind echt kalt ...!
Meine Extremi-täten frie-ren halt schnell ...
Lass uns schnell essen ...
Ob die Suppe schon warm ist?
Hol schon mal die Teller ...
... Ka-sumi.

UMARM
Kyo-suke ...
... ich liebe dich ...
Mh ...!
Ah!
ZUCK

Hah!
Kyo... suke...
... was wird aus dem Früh-stück ...?
Hah ...!
Mh ...
Weißt du, ich bin echt platt ...
Schließlich musste ich auch gestern arbeiten ...
Hä?!
Also doch ...
Des-wegen ...
... möchte ich mich heute ...
GLEIT
... erst mal wieder an dir aufladen, Kasumi.
Meine gefrore-nen Finger-spitzen ...

… tauen in der Hitze auf …
… und erwärmen sich …
… Stück für Stück.
Letztendlich wurde ein Mittagessen daraus …
Du hast was an der Wange kleben.
Lecker!
So unheimlich lecker!
Vielen Dank, dass du diesen Manga gekauft hast!
Special Thanks!
An meinen Redakteur Y-san und meine Leser, die mich stets mit warmen Worten angespornt haben.
Edako Mofumofu
ENDE

Profil

Edako Mofumofu

Geboren am 14. März

Kommentar der Autorin

Ich liebe Menschen, die sich endlos Gedanken über Dinge machen, auf die sie keinen Einfluss haben, und Happy Endings, die auf langen Umwegen endlich erreicht werden.

Konzeptzeichnungen und Hintergrundinfo

178 cm

Im April oder Mai geboren

27 Jahre alt

◀ Kyosuke Shina

Er wurde aus dem Gedanken, dass ich einen extrem schwachen Seme* zeichnen möchte, geboren. Er benimmt sich wie jemand, der großes Selbstvertrauen hat, weil er grundsätzlich keins hat. Sein Vater ist streng und eher der konservative, altmodische Typ. Seine Mutter aber ist das genaue Gegenteil: Sie ist eine unbeschwerte, fröhliche und moderne Frau. Es wirkt, als würde Kyosuke nach seiner Mutter kommen. Er mag es zu kochen. Dabei achtet er auf die kleinsten Details und kann sicher auch wundervolle Süßspeisen herstellen. Er ist groß, stylisch und echt heiß (sieht man auf den ersten Blick) und daher bei Frauen und Männern beliebt.

(Sein Kleidungsstil ist casual, und er mag daher Dinge, die locker anliegen. Er liebt besonders Kleidung mit Kapuzen.)

Kasumi Amemiya ▶

Ich wollte anstatt dem typischen Brillenträger-Charakter, der immer gefasst wirkt und bei dem man sich fragt, ob die Brille nicht im Weg ist, einen stumpfen, geistesabwesenden Charakter schaffen. Er ist nicht der Kleinste und wirkt auf den ersten Blick recht neutral. Frauen ergänzen jedoch, dass er bei genauerem Hinsehen gar nicht mal so schlecht aussieht. Dennoch wirkt er ungeschickt und sonderbar.

Er trägt ständig gestreifte Klamotten. Damit fühlt er sich auf der sicheren Seite. Die modischen Accessoires, die er in diesem Werk trägt, hat alle Kyosuke ausgesucht oder für ihn gekauft.

174 cm

Wahrscheinlich Anfang des Jahres geboren, Februar oder März

27 Jahre alt

(Anfangs hab ich eine runde Kopfform angestrebt, aber je mehr die Story voranschritt, desto lockiger wurde sein Haar ...)

*aktiver Part in homosexuellen Beziehungen

32 Jahre alt
163 cm

◀ Yuriko Osaka

Ihr Nachname tauchte in der Serie nicht auf ... Eine Person, für die es eine überraschend detaillierte Hintergrundgeschichte gibt. Vor ihrer Hochzeit war sie eine hart arbeitende Karrierefrau. Da ihr nach der Hochzeit aufgetragen wurde, sich um den Haushalt zu kümmern, blieb ihr nichts anderes übrig, als ihren Job aufzugeben. Weil ihr Ehemann jedoch extrem beschäftigt war und sie vernachlässigte, begann sie aus Einsamkeit und einem Gefühl der Leere heraus eine Affäre mit Kasumi.

Hitoshi Shimizu ▶

Ein Vorgesetzter aus der Firma, für die ich früher mal gearbeitet hab, diente als Modell für ihn. Er war ein richtig kompetenter Mann, aber kränklich und hatte Magenprobleme. Auch das diente als Vorbild. Sein Wissen in Sachen Design ist nicht so prall, aber als Artdirector ist er hervorragend. Von meinem Redakteur hörte ich, dass er gern so einen Vorgesetzten hätte. Das machte mich glücklich.

40 Jahre alt
174 cm

◀ Ayuko Yamada

21 Jahre alt
150 cm

Ich hab mir viele Gedanken über ihren Vornamen gemacht, dabei tauchte er bis zum Schluss nicht einmal auf. Anfangs hatte ich geplant, ihr keinen Mainstream-Look zu verpassen, aber als ich ihr die Kleidung anzog, die mir gefiel, sah sie gar nicht mehr nach Underground aus. Sie hält Kyosuke in der Tat für einen rumnörgelnden älteren Mitarbeiter, aber sie bewundert ihn dennoch für seine Kompetenz und die Fähigkeit, auf Worte Taten folgen zu lassen.

Danke, dass du bis hierhin gelesen hast. Es würde mich freuen, wenn es dir zumindest ein bisschen Spaß gemacht hat ...

TOKYOPOP

TOKYOPOP GmbH
Hamburg

TOKYOPOP
1. Auflage, 2020
Deutsche Ausgabe/German Edition

Aus dem Japanischen von Iga Marta Handtke

KIMINI IENAI KOTO GA ARU by Edako Mofumofu

Original Japanese edition published by FRANCE SHOIN
This German edition is published by arrangement with
FRANCE SHOIN Inc., Tokyo
in care of Tuttle-Mori Agency, Inc., Tokyo.
Original Cover Design: Yasuhisa Kawatani (kawatanidesign)

Redaktion: Lisa Duty
Lettering: Vibrant Publishing Studio
Herstellung: Mathias Neumeyer
Druck und buchbinderische Verarbeitung:
CPI–Clausen & Bosse GmbH, Leck
Printed in Germany

MIX Papier FSC® C083411

Wir achten auf die Umwelt.
Dieses Produkt besteht aus FSC®-zertifizierten und anderen kontrollierten Materialien.

ISBN 978-3-8420-6096-8

www.tokyopop.de